本项目得到中山大学"985"三期的经费支持

编委会

顾　问　　朱孔军　邓少芝

成　员　　罗　燕　任　虹　王燕芳　张斯虹
　　　　　　余立人　吴长征　曹　新　陈有志
　　　　　　陈　方　陈征宇　戴红晖　戴怡平
　　　　　　黄　涛　李晓超　杨东华　郭　燕
　　　　　　李庆双　荐志强　黄勇平　刘　军
　　　　　　谭英耀　甘远璠　岳　辉　王　毅
　　　　　　陈　凌　曲　翔　黄　诚　杨德胜
　　　　　　张远泉　林焕彩　丁小球　漆小萍
　　　　　　陈昌龄　林俊洪　钟一彪

本书编辑部名单

顾　问　　漆小萍　王天棋
主　编　　李庆双
成　员　　于灵子　李　茂　汤慧杰　姜　梦
　　　　　　朱秋硕　邹　力　毛思璐　毛美霞
　　　　　　曹雪妹　彭　扬　邰梦云

爱的诉说
——三行情书集

李庆双 ◎ 主编

爱就是保持真诚的心，
执你父母亲援的心，
把爱给非博的心。

中山大学出版社
· 广州 ·

版权所有 翻印必究

图书出版编目（CIP）数据

爱的诉说：三行情书集/李庆双主编. —广州：中山大学出版社，2013.8

ISBN 978-7-306-04623-9

Ⅰ. ①爱… Ⅱ. ①中… Ⅲ. ①诗集－中国－当代 Ⅳ. ①I227

中国版本图书馆CIP数据核字（2013）第164529号

出 版 人：	徐　劲
策划编辑：	赵　婷
责任编辑：	赵　婷
封面设计：	林绵华
装帧设计：	林绵华
责任校对：	邹岚萍
责任技编：	何雅涛
出版发行：	中山大学出版社
电　　话：	编辑部 020-84111996，84113349，84110779，84111997
	发行部 020-84111998，84111981，84111160
地　　址：	广州市新港西路135号
邮　　编：	510275　　传　真：020-84036565
网　　址：	http://www.zsup.com.cn　E-mail:zdcbs@mail.sysu.edu.cn
印 刷 者：	广州家联印刷有限公司
规　　格：	787mm×960mm　　1/32　　4.125印张　　55千字
版次印次：	2013年8月第1版　2019年12月第2次印刷
印　　数：	1501～2000册　　定　价：20.00元

如发现本书因印装质量影响阅读，请与出版社发行部联系调换。

目 录

前 言 / 1

爱如种子　一路开花 / 1

走过，路过，也曾爱过 / 12

三行情书 /15

2010 年第一届 30 强 / 15

2011 年第二届 30 强 / 31

2013 年第三届 30 强 / 47

 2013年第一届尊师爱校30强 / 63

 云南和西藏中学生作品选 / 79

 部分教师作品选 / 95

 李庆双个人作品选 / 101

后 记 / 121

1

前言

爱如种子 一路开花
——中山大学"三行情书"活动纪实
官亮亮 陈炜杰

知道你喜欢薰衣草，
我买了很多紫衣种子，
天真地，为你搭建另一个普罗旺斯……
——李承霖

海豚想与天使说话，可天太高；
天使想与海豚说话，可海太深；
我想与你说话，可路太远。
——To 天堂的爷爷 Fly

春沙，夏荫，秋露重；
霜花，六棱，落地痕；
三年更替，三年风景，于我心不忘。
——包浅雨荷

古老,是你百年智慧的沉淀;
自由,是你思辨学风的彰显;
不求一世相守,四年有你足矣!
——郭文岩

  这几首优美的短情书作品,来自中山大学传播与设计学院(以下称"传播学院")团委举办的"三行情书"活动作品选。"三行情书"来源于20世纪90年代日本汉字协会为推广汉字教育而发起的一项诗歌体裁,先是风靡日本,随后通过网络被中国网民知晓。其实三行诗并不是日本人的原创,其历史十分久远,甚至可以追溯到700年前意大利诗人但丁的《神曲》。这种简练精致的诗歌形式,言短情长,或传递男女间的幽情婉转;或表达亲人师友间的真情感动;或睹万物以兴怀的情感思绪。难怪自2010年活动甫一问世,立刻在学子们心中引起热烈反响。

情书寄我心

2012年11月的一天，2012级管理学院陈建汉同学在经过篮球场边的宣传栏时，被上面的海报吸引住了。海报上，写的是深情的诗行，一律是简短的三句。

那是第三届"三行情书"活动的宣传海报。

陈建汉那时第一次知道了"三行情书"。"2011年的十强选手写得特别好，我被触动了。"陈建汉说，他正是因此决定参赛的。

"三行情书"活动的奖励规则是，30强选手可以由专人送信，将"三行情书"送给指定的人。10强选手的作品能被制作成专属个人的书签和明信片。

活动当天的现场设计让人耳目一新，有温馨柔和的灯光摊、在线互动的微博墙、现场放飞的氢气球、挂上许愿树的情书……

一个女生在投稿处现场写诗，意外的是她写着写着，渐渐啜泣，乃至泣不成声。原来，这是一首写给已逝的亲人的情书：

"点点滴滴在心头，却不知怎样开口，每每回想，

总热泪盈眶;

孙女已有出息,爷爷奶奶请安息!若有来生,必续未了缘!

跪谢恩情!"

参赛表上"地址与收件人"一栏,写的是:"已无法寄出……"

"我们不能帮作者寄达,便以团委的名义写了封信过去,后来还收到了她本人的感谢信。那个时候我觉得这个活动实现了它该有的意义——让参与的人能勇敢真挚地表达出内心深处的感情,即使不一定能传达给重要的人。"传播学院首届"三行情书"活动的负责人叶伟樱说。

三行情不尽

时间逝着,
在这个世界漫无目的地兜圈,
但不曾忘记你一直是我的原点。

生命科学学院的陈旻用情书抒发自己的思亲之情。

前言

他本是在东北老家念的本科,现在只身来到南方求学。头一次执著地走向远方,他不顾父母劝阻,任性地不肯让他们送行,之后他才知道那段时间父母吃不好睡不好,终日为他忧心忡忡。"我觉得自己当时没有顾及父母的心情,很不应该。"他说,写下情书是为了给那段往事留个注脚。

对于法学院的熊崇菁来说,跟高中舍友一起相处的点滴,是那样让人难忘。

"有一次给舍友过生日,我们在晚上将点上的蜡烛围成心状,给她唱我们的舍歌《那些年》,唱'那些年我们的友情',大家抱在一起哭了,"她充满怀念地说,"每一个舍友的生日,都是我们所有人的生日。"

她将"三行情书",献给伴她度过那些美好时光的朋友——

不知晓将来会是谁在我左手的无名指系上终生的羁绊,

而此时此刻我却深信不疑,

你就是陪我迈进神圣殿堂的贴心伴娘。

"三行情书"还吸引了许多老师参与。中共中山大学党委前任书记李延保伉俪也兴致勃勃,化名"吕盛"参加了比赛,用诗歌表达相互间的深情。

一份爱,
一份承诺,
一辈子。
——吕盛

吕,和"李"音相近;盛,是李书记夫人的姓。问起为什么用化名时,他们笑道:"如果用真名的话,怕影响到学生的评奖活动。"在使用真名时,李延保老书记坚持把夫人的名字写在前面,体现了对女性的尊重和对夫人真挚的爱。

李延保书记口授原稿,由学书法绘画的夫人,把诗誊写上去,字迹工整秀丽。执子之手,与子偕老,回首几度春秋,爱已细水长流。

活动后,李延保书记收到了团委反馈的"三行情书"明信片等纪念品,十分喜欢,还给传播学院捐出了2000元。后来,这笔钱随着"三行情书"活动一起,辗转交到学院云南支教队手里,资助了一个云南中学的学生来广州参加活动。

亦诗亦歌亦公益

公益,是"三行情书"活动的延伸。

2011年,曹雪妹随中大研究生支教团到云南省玉溪市澄江县支教,传播学院党总支副书记李庆双建议说,让"三行情书"活动办到云南去吧。那时,第二届"三行情书"活动尚在筹备,团委于是决定在中大和澄江县的部分中小学同步举办活动。

活动期间,云南支教团共收到来稿200多份。在阅读这些诗稿时,曹雪妹心中涌动着一股暖流。"他们写得很好。比如,这两首诗:'望着他沧桑的脸/我能认识到我已不是孩子/因为他是我的老父亲(陈治)';'我们时常会遭遇着爱情的时差/相遇的时候不懂爱/懂爱的时候不相遇(李炫锟)';我很惊讶,平时他们不爱讲话,很害羞,不擅长口头表达,没想到当他们拿起笔的时候,可以这么细腻地抒发感情。"

他们的作品被一同寄回广州。显然,这些来稿是一份惊喜。为此,工作人员特意在云南的200余份作品中独立评出10强作品,做成书签和明信片。

收到书签时，孩子们很惊喜。曹雪妹说："我告诉他们这些是大一大二的师兄师姐给他们挑选、设计制成的。他们很惊讶。我说等你们上了大学也会学到这些，大学是个很有意思的地方。这些乡下孩子的观念世界里原本没有大学的概念，但这样的活动却让他们感觉到自己其实与外面的世界很接近。"

澄江县是高原上的山区，秋冬时很冷，有的孩子竟然还是穿凉鞋，手脚冻得肿大，住校的学生棉被也不够用。支教团就用义卖的钱买了崭新的被絮送给他们，希望能带给他们温暖。

传播学院团委还把"三行情书"活动延伸到中大研究生支教团所在的西藏林芝中学。

2013年年初，传播学院团委向学院和学校相关部门提交了一份"三行情书林"倡议书，希望在东校区开辟一片树林，为每棵树挂上一块印有"三行情书"的牌子，成为独特的"三行情书林"，为美丽校园添加一道亮丽的文化景观，这在全国高校也是绝无仅有的。"这是一件非常有意义的事。设想一下20年后你回到母校，看到这些当年的作品，会有一种回家的感觉。"2012届传播学院团委副书记邹力说。

爱的教育

"三行情书"活动至今已举办三届，收集了5000多封师生的作品，记录了无数点滴细小的感动和回忆。并且产生了广泛的社会影响，不单校内外人士踊跃投稿，新闻媒体也给予了热情的关注和报道。

或许当下的文化环境中，人与人之间日益疏离，同学们对书信生疏了，对诗歌生疏了，甚至生活中大部分交流形式都被互联网的快餐文字替代。而"三行情书"却能唤醒同学们对纯真感情的向往，发掘出那深藏心底的诗意和温暖。

"这个活动培育了大学生的情感，是一种'爱的教育'。我认为大学的育人功能主要在三个方面——对学生专业知识的传授、精神的塑造以及情感的培育。光传授知识是不够的，学生还要有精神气质，更要有对母校、对社会、对世界、对身边的每一个事物的爱。"李庆双说。

其实,李庆双副书记自己就是一个诗歌爱好者,不仅经常创作"三行情书",还请学生选出佳作制成书签,赠人留念。

"在故乡,我们向往远方/在远方,我们回望故乡/在故乡和远方之间,我们走完一生的时光。"短短数语包含着他对人生的思索、对故乡的深情。

"三行情书流行,是因为它门槛低、可参与,主题可以引起普遍共鸣。现在大家对诗歌已经有些远离,觉得诗歌表达需要专业功底,而这个活动告诉我们,诗歌其实就在我们身边,我们可以用非常简短的形式表达情感。"传播学院副院长张志安说。一方面,"三行情书"借助微博的形式发动、传播,每个人都可以参与其中;另一方面,感情可以触动所有人的内心世界,人人都有对感情的敏锐体察和感悟,因而它是普遍、共通的。

对于"三行情书"的未来,李庆双副书记还有很多构想:

"我们还可以跟诗歌爱好者、跟相关的协会社团合作,在东校区举行大型的露天诗歌音乐朗诵会,藉此培养一种诗意的校园文化。类似地,就可以把'三行情书'这样一个原本单一的活动,延伸出更多的内涵。"

"一起在春天走过,结成秋的硕果,在晴和的日子里,等待收获。by 李庆双"这首小诗或许无意中恰好成为校园"三行情书"的发展写照:

三年走来,爱如种子,一路开花。

走过，路过，也曾爱过
——三位团委副书记的感言与心声

　　转眼间，"三行情书"已走过三年的光阴。看着它一点一点成长，从最初的稚嫩一步一步走到今天，开始为更多人获知、了解，甚至逐渐走出广东高校，散播至更多有爱的地方。2010年，为纪念当年的感恩节，传播与设计学院团委集思广益，共同努力办起了第一届"三行情书"活动。"三行情书"能够走到今天，作为最初的学生组织者，同样要说的还是感恩，感谢学院党总支副书记李庆双的悉心指导与大力支持，感谢传播与设计学院团委的所有成员，感谢第二届、第三届的举办者朱秋硕、邹力，感谢所有人，愿我们将这份感恩、这份爱传递给更多的人。

　　——2010届传播与设计学院团委副书记姜梦

　　很荣幸自己担任传播与设计学院团委副书记，带头举办了第二届"三行情书"活动。"三行情书"是一个很好的平台，给了我们学生一个抒发情感的

前言

机会,而"三行情书"也营造了诗意校园的氛围。我想,谈起中山大学的校园文化,借由"三行情书"抒发的感恩情怀便是其中一个。我们这一届也将感恩拓展到了社会领域,用"三行情书"文化产品的义卖善款资助了我校在云南研究生支教团的小学生,帮他们购买御寒的棉被,将感恩从诉说转化为行动!我们很高兴地看到,除了我校学生,老师、其他高校的同学、社会各界人士,都参与到了这次活动里面,众多媒体也对我们进行了报道。这样的优质活动传播出去,让感恩情怀传递到了更多的角落。

如今,"三行情书"活动已成功举办了三届,三年来越办越好,凝了传播与设计学院团委的努力。老师与同学举办并积极参与,才有了今天的成果。如今我即将毕业,"三行情书"为我的大学生活留下了诗意的一章。

最后,将李庆双副书记送给我的一首诗分享给大家:"一起在春天走过,结成秋的硕果,在晴和的日子里等待收获。"衷心祝愿"三行情书"活动更上一层楼!

——2011届传播与设计学院团委副书记朱秋硕

在这里写下的,绝不仅仅是三行文字,每一笔的背后,都是一个精彩的故事。那些流逝的时间,我们又是如何度过的呢?在这个纷繁复杂的世界,我们如何表达埋藏在内心最真挚的想法?我们没有自诩为诗人,但我们也充分相信,人生中每一步,都来之不易,最平凡的话语里面,蕴藏了最强大的力量。通过"三行情书",让每个人都更愿意表达自我,更愿意倾诉爱与情,这便是我们简单的愿望。我们也相信,我们小小的努力,能够最终让爱的水滴,汇成一片真诚的汪洋。

——2012届传播与设计学院团委副书记邹力

2010年第一届30强
2010nian Diyijie 30qiang

淫雨霏霏的秋夜,眼睛上爬满如同小虫的水滴,
我问你未来房子的墙壁刷什么颜色,你不言,
单车吱呀地附和,也好似在嘲笑,我们痴。
——胖渴

其实,每陪你到最后跟你说的不是晚安,
是其拼音拆分后的延伸,
我爱你、爱你……
——李承霖

17

2010 年第一届 30 强

知道你喜欢薰衣草，
我买了很多紫衣种子，
天真地，为你搭建另一个普罗旺斯……
——李承霖

围城内无法回头的命运在迎战残酷青春，
用罪恶抵抗罪恶，用纯真毁灭纯真，
亲爱的小孩，围城外的世界很美，愿你在出走后重生。
—— To 绝望在天水围的童党 许海绵

心窗未曾打开,
因紧锁着你,
连阳光也不让进来。
—— tigris

你我如同圆与椭圆的爱恋,
你是我永远的中心,
我却不是你唯一的焦点。
—— sd

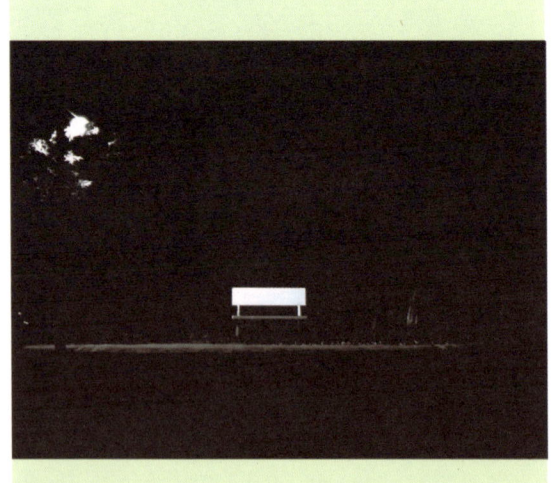

19

2010年第一届30强

我要为你清唱歌谣,
此生骄傲,
就是成为你的荆棘鸟。
——张光亮

我是A,你是Z,
我走过了所有的字母,最后才找到你,
却发现原来只要一转身,你就在我后头。
—— sd

单车的后座,
垫的是你满满的的温柔,
可不可以,一辈子没有返程的车票。
——坠粉飘香

同样的火车,同样的两千四百公里,
为什么向北的风景甜美,
向南的风景带泪。
——欢宁

21

2010 年第一届 30 强

红尘紫陌,立马垂杨,
相遇,就这么简单,
却要用一辈子去偿还。
——院程畅

熙熙攘攘的人群中,来来往往的故事里,
只有你的情节,
我最想了解。
——端木华

22

爱的诉说：三行情书集

在电话那头，爸说，一定要送妈妈到车站，
不要听她说不用送，你就真的不送了，
听后，妈妈笑了，我却哭了。
——天窗

你说送围巾给同学，
却一直让我帮你挑选，
不知不觉掉进了你甜蜜的陷阱。
——天窗

23

2010 年第一届 30 强

双曲线与坐标系的悲哀,
在你我身上印证,
即便无限接近也永远没有交集。
——悲伤与歌

你是我的太阳,你的光芒与温暖,
让我在重复自转的孤独里,
找到了公转的方向。
——廖鹏锐

爱到绝路,覆水难收,
你给的爱不倾城,不倾国,
却倾我所有。
——断桥残雪

那一地的紫荆,
不是一颗颗凋零的心,
而是为爱不顾一切的深情。
——小白兔

25

2010 年第一届 30 强

曾经浮躁的少年亦如此从容,
而那些美好的过往却行色匆匆,
是否只有我还记得,说好的一起看细水长流。
——钟陈雯

咖啡氤氲着往事的水汽,
所有的问候藏在旧唱片里,
等时光淡去悲喜,只余回忆。
——西川

如果记忆是一座无处可破的围城,
我愿为你故步自封,
划地为牢,心甘情愿走进你设的套。
—— 划地为牢

我没办法参与你的过去,
我没办法填满你的未来,
我能做的就是描绘你的现在。
——曾钰茗

27

2010年第一届30强

外公的衬衫扣子又掉了,
老家伙,你就不能小心点,
她戴着老花镜,枯干的手,颤颤巍巍,捻着线。
——吴丹

你每年都会亲手给我做布鞋,白布边,皂青面,
今年我放了一双,在你墓前,
外婆,这是你的尺寸哦。
——吴丹

爱的诉说：三行情书集

我一直追随着前面的影子行走，
转头才发现，
原来是你用尽了全身的力量照亮我前行的道路。
——沈莉莎

时光一步步踮脚，脚印愈来愈深，
深凹进去的是爱的分量，
留下的却是我成长的印记。
——林咬咬

29

2010 年第一届 30 强

三行情书,
一行写你一行写我,
预留一行书写我们共同的今世今生。
——陈俊波

我不知道我还是否在你记忆中清晰,
偶尔传来你的问候,
思念,瞬间蔓延到了天涯海角。
——杨丽

30

爱的诉说：三行情书集

我说你嘴角的弧度定义了我的笑容，
你说我微笑的模样丈量着你的幸福，
原来我们的默契是面对不同心情的同一片天空思念。
——徐永雪

六千里的距离，
我们从未在意，
是因手中始终留存着彼此的气息。
——勋

2011 年第二届 30 强

2011nian Dierjie 30qiang

那个瘦削的肩膀,
那双宽扁的大脚,
顶住了,现实的困,踏平了,生活的苦。
——柠檬

如果我的心是 X 轴,
那么你就是那个开口向上的无解二次函数,
永远在我心上。
——王宇飞

33

2011 年第二届 30 强

如何让我遇见你?
在拉格朗日中值定理的区间里,
与我默契地平行。
——王宇飞

残旧竹藤椅,低沉二胡曲,
香火烟气缕缕,取代了往日滚烫的香茗,
怀念有你的日子,爷爷。
——詹宏基

如果思念能汇成一条河,
那么你是否可以,
乘舟而来。
——小妮可

天空收藏了蓝的深邃,
海洋收藏了云的眼泪,
而我收藏了你的笑容。
—— fay

35

2011 年第二届 30 强

你说你已经慢慢变老,
可是,你还欠我一个微笑,
孩子气的我,想给你一个拥抱。
——浩哥哥

转身后我开始心痛,
不是因为我们陌生了,
而是因为我们曾经那么熟悉。
——夜寒冰枫

你与我就像是成单的电子,
彼此的相遇,
便注定要在一起并释放出生命的热量。
——吴育南

我们的距离,一千三百九十七公里,
思念的蒲公英,不顾一切地朝着你的方向飞翔,
我用她们,丈量爱的距离。
——傅裕

37

2011 年第二届 30 强

沉默,似乎是我们之间永远的语言,
无须开口的父爱,
让我也很不好意思说"我爱你"。
—— Kiss Fire

浅浅眼眸间,是深深的思念,
无需多言,只需十指相扣,
任它海枯石裂,只愿永远。
——相思木

时光偷走了与你一起的记忆,
却留下,
与你一起的习惯。
——广子

你笑我不务学业,
要不然怎么会天天在线,
你可知,那是隐身,只对你可见。
——笛声何处

39

2011 年第二届 30 强

不管我用什么陌生号码,一声"喂"便会暴露身份,
不会有人比你更了解我 更爱我,
妈,不许一切从简,多享受享受生活!
——韩国琳

总觉得 不需要太大声说爱你,
不是爱不够惊天,不够动地,
我只是,怕世界听见,会嫉妒。
——邓雯

沉默,是你最爱说的话,
我别无选择,
只好学会世间所有的语法。
——子非鱼

准备了一大堆的话,
电话接通的那一刻却不知该说什么,
原来只是想听听那熟悉的声音。
——浩哥哥

41

2011 年第二届 30 强

从来不舍得生你的气,
有时候假装对你发脾气,
只是怕你误会我不在乎你。
——慵客

我习惯了目送你回去,
直到你的身影消融在黑暗之中,
就算是只有你的背影,我也想多拥抱一会。
——尔比

睡床上的幸福时刻，
是偶尔的夜晚，
爸爸满载着笑容来到梦中。
——虹儿宝贝

海豚想与天使说话，可天太高，
天使想与海豚说话，可海太深，
我想与你说话，可路太远。
—— To 天堂的爷爷 Fly

43

2011 年第二届 30 强

看着你安然入睡,
我也匆匆阖上了双眼,
但愿我们还赶得上同一场梦。
——予希

雨后清新的空气,
与泥土的芳香,
是我一生都戒不掉的喜欢。
——小米

毕业流年，
我将秋花拆两边，
予你记作泛黄的赠言。
—— Rhosten

直到双手在冬天的冰水里冻得发痛，
才明白妈妈在十几年的寒冬里，
为我揉洗出来的温暖。
—— xyz

45

2011 年第二届 30 强

我知道,你会因为许多东西而放弃我,
就像我知道,
我会因为你而放弃许多东西一样。
——激声否

恋爱四年却永远形单影只,
因为邮递员传递着你的思念,
却邮不来我思念的你。
——李榕

从认识你的那天起,
手机便从未关机,
只怕错过你的消息。
——冰磊

其实幸福就是,
静静地与你对视,
什么都不做,却心知肚明灿若星火。
——刘志鹏

2013 年第三届 30 强

2013nian Disanjie 30qiang

时间逝着,
在这个世界漫无目的地兜圈,
但不曾忘记你一直是我的原点。
——陈旻

你说初恋是件小事,
可就是这件小事,
将刻在我的心上直到心跳停止。
——徐木兰

49

2013 年第三届 30 强

我想成为你的影子,
在众人的镁光灯下我会消失,
当你一个人走在昏暗的路灯下时,我会出来陪你。
——陈建汉

我颠覆了日夜的交界线,
不让黄昏吞噬仅存的光亮,
只为了挽留最后一剪你的倒影。
—— Sinky

爱的诉说：三行情书集

不知晓将来会是谁在我左手的无名指系上终生的羁绊，
而此时此刻我却深信不疑，
你就是陪我迈进神圣殿堂的贴心伴娘。
——熊崇菁

你掌心里茧的纹路，
你眼角的细纹，
是你为了爱我走过的路。
——巫青蔓

51

2013 年第三届 30 强

不是为了接近你而变成更好的自己,
是因为遇见了你,
才成就了最好的我。
——刘昕宜

曼曼的你,
漫漫的路,
慢慢地走。
——逆流

以为不见,便可不念;以为不念,便可不恋;
哪知,只怕是偶然的擦肩;
都足以颠覆我所有的幻念。
——凝弋

如果黄昏代表着眷念,那我的心早已落霞满天;
如果落花承载着相思,那我的心早已花落遍地;
如果白雪镌刻着爱恋,那我的心早已雪花纷飞。
——舒娴

53

2013 年第三届 30 强

当面容斑驳,走过万千路口;
我会不会再想起;
你曾许诺的有始有终携手白头。
—— savvy

鲁尔代我证明,
在这段连续的时光闭区间里,
我生命的图像一定经过你那里。
——邓宇澄

六年时光,
我是你身边时时相伴的朋友,
你是我心底深深爱恋的不存在的情人。
——璇璇

再见旧情人,
时间是我的新欢,
才能忘却对你的思念。
——杜北七

55

2013 年第三届 30 强

你用你的决绝定义平行,
你收回的手把我砍成分段,
谁来帮我画一个交点。
——陈斌

一眼眸,你我情结于红枫爱晚;
两颗心,彼此相守在潇湘槐苑;
三生缘,再度续写下南国之恋。
——兰申玉

最疼的距离，
是你在我心上，
却不在我身边。
——小斌

当我看到你的那一刻，
空间发生了扭曲，
别人都成了背景而你是世界的中心。
——陈建汉

57

2013 年第三届 30 强

梦见了北国，无垠的雪地，灰白的天；
呼吸蹭在鬓角，氤氲又凝结，留下浅浅的线；
你给予的温度充斥整个世界，千里时空，无言。
——谢绮雯

默默地望着你扬帆的背影，
静静地闻着你身上夹杂着些许海水的咸气，
却忘记了该如何接近你的航线。
——李雪晴

爱是一场流亡,
我曾片刻短暂地离开自己,
却从来未抵达你。
——疯子的文艺

渐渐目送着你们由红巨星佝偻成白矮星,
我只想以比类星体红移更快的速度,
在人生的赫罗图上追上你们老去的脚步。
——名深冬夜行人

59

2013 年第三届 30 强

我不想用多巴胺解释为什么会爱，
因为那不是理由，
你才是。
——王新峰

我问你为什么在左手上戴表，
那是我牵的手，
与时间无关。
——郑洪

此生最动人情节,
是课桌下偷偷与你十指相扣,
温暖了冬天 灿烂了夏天。
——陈结怡

送我上大学的那天晚上,
你早早脱去净是污泥的工作服,剃胡换新衣,庄重如新郎,
只是挺起了啤酒肚,弯了宽实的背。
——佃雅琪

61

2013 年第三届 30 强

到不了天涯海角,
不是我不够独立,而是害怕,
无法一回头就看见你。
——陈结怡

"我喜欢你!"我说,
"大冒险又输了?"你说,
"呵呵。"我说。
——沐公

看到相似的背影都错以为是你,
随手写写下意识还是你的名字,
原来,你不在,却一直都在。
—— Angelo

十年前,那个明媚的午后;
我侧过头,看你认真的表情,看你睫毛上美丽的光晕;
直到现在,依旧怦然心动。
—— Cherry

2013年第一届尊师爱校30强

2013nian Diyijie Zunshi Aixiao 30qiang

谈天时你戴着草帽,吹着口哨领我们走,
你脸上的皱纹刻画出深深的智慧,
感谢你带我们穿越千年,让我们聆听历史的真谛。
——包浅雨荷

春沙,夏荫,秋露重;
霜花,六棱,落地痕;
三年更替,三年风景,于我心不忘。
——包浅雨荷

65

2013年第一届尊师爱校30强

夏末秋初,你站在讲台上,居高临下;
我坐在木椅上,安静地微笑;
还有什么问题吗?你转过头抓住我的目光不放。
——仰奕

金字山下的岁月,
有股令人心碎的纯净,
是你为我的梦想插上了翅膀。
——致亲爱的中山一中　方嘉颖

老师的照片里,你的笑一次次让我倍感温暖;
生命里,你的帮助让我一次次向前迈进;
心里,想念你的点点滴滴。
——纪开元

若干年后,
白发苍苍的您也许记不住上课发呆的我,
但是我会铭记当年不辞劳累讲课的您。
——陈伯仲

你是我一方天空,演绎了多少青春的阴霾与灿烂;
你是我一串脚印,印出了我成长路上的美好岁月;
你是我一枚风铃,指引着前方让我不懈奋斗自强。
——梁辰

珠江之畔有颗璀璨的明珠啊,
历尽种种坎坷,
而今却依然焕发着异样的光。
——梁辰

爱的诉说：三行情书集

一声"母校"胜过千言万语，
哪怕时光荏苒，其实从我走进你的第一刻起，
中大，你已经成为我记忆中不可分割的部分。
——毛思璐

潺湲珠江流水，巍巍白云高山，
您的知识传承连绵似水，
您的谆谆教诲厚重如。
——陈伯仲

69

2013 年第一届尊师爱校 30 强

五更时分你打开教案对黑夜说早安，
但两更之前的你累得难以合上教案，
也忘了说晚安。
——邓宇澄

红砖绿瓦，散发着书卷气息的你；
满载着八十八年厚重的历史，在时光隧道中缓缓前行；
你的美，早已印刻在我的脑海，挥之不去。
——周智盈

古老,是你百年智慧的沉淀;
自由,是你思辨学风的彰显;
不求一世相守,四年有你足矣!
——郭文岩

我不确定多年后还能一字不差的唱出校歌,
但我想我一生都不会忘记,
这个在校歌、院旗、宣誓、呐喊中度过的开学典礼。
——张融

71

2013 年第一届尊师爱校 30 强

案头高高的书卷，
挡住了你备课的背影，
挡不住你奉献的脚步。
—— wxichao

中大我来了，
但绝不会轻轻的走，
因为你，给了我奋斗的理由。
——张曦露

好久了,你不断重复着送走和迎来的动作,
但眼神依然深邃睿智,
一如那尊孙中山屹立不倒的雕像。
——张曦露

最是那不经意的一瞥,
让我下定决心投入到你的怀抱,
中大,给了我最宝贵的自由。
——张曦露

73

2013 年第一届尊师爱校 30 强

教师,从来都不是您的名字,
也许多年之后我已经记不起您的名字,
但我仍然仿佛能看见您在三尺讲坛上的风姿。
——邹力

三年前的邂逅,
用三年的努力,
换来与你的四年时光。
——林琳

昨日的汗水是梦的追逐，
今日的彷徨是淡淡的成熟，
明日的起航是真正的担当。
——何子章

不曾遗忘你在走廊中疾步的身影，充满关切；
不曾遗忘你在讲台上侃侃而谈，充满智慧；
无敌老师，祝你在教坛上得到上帝最好的祝福。
——黄健彬

75

2013 年第一届尊师爱校 30 强

做你的学生是我三生有幸,
你带我走上文学艺术的朝圣道路,
生活从此丰满。
—— orjor

开始的开始,我们都很拘谨;
后来的后来,我们都打成一片;
现在的现在,我们都怀念你,敬爱的亲爱的、可爱的廖老师
—— Chao

霜色落上你的发,皱纹爬上你的额;
我多想为你抹去银发,擦拭皱纹,然后轻轻地;
叩念一声:辛苦了,老师!
—— season

十年前我于往长洲岛路上寻你未见,
十年中我埋头苦读不曾丝毫懈怠,
十年后我只身来此与你长伴。
——致中大　梁辰

77

2013年第一届尊师爱校30强

我是因为你——中大,
才爱上了广州这座城市,
你的自由,你的包容,让我不想回家。
——佘涌波

我说啊,世上最美好的上课体验;
是在遇到她以前,我从未有专注于历史课的念头;
而上过她的课后,突然有了转专业的冲动。
——致胡雪莲老师　SARS

在广府之地遇见你，
也是遇见未知的自己，
我知道这是生命之中一次绝美的邂逅。
——写给中山大学　思齐镜涌

珠江边屹立着你古老的身影，
浮尘百年，
不变的，是莘莘学子对你深情的爱。
——蒙柳盈

云南和西藏中学生作品选

Yunnan He Xizang Zhongxuesheng Zuopinxuan

无论何时何地,
你的每一个动作,每一句话,
都会触动我每一个心弦。
——刘宇廷

地球再大,只不过是银河中的一粒石子;
银河再长,只不过是宇宙中的一条小溪;
而我的心再阔,就只装美好的回忆。
——王欢

81

云南和西藏中学生作品选

不如意的时候,
不要尽往悲伤里钻,
想想有笑声的日子吧!
——吴蕊

别人眼里的沉默不语,
心中留那些甜言蜜语,
只因我又回想到曾经携手的你!
——刘艳冬

曾几何时,
你的叮咛是我人生途中的加油站,
你两鬓的白发是我成长的足迹。
——杨叶娜

当我俩擦肩而过的一瞬间,
我的心惊动万分,
而你却没有我万分激动。
——唐云芳

83

云南和西藏中学生作品选

人生苦短何须别离,
说了再见,
就再也不会见。
——顾羽

有一种默契叫做心照不宣,
有一种感觉叫做妙不可言,
有一种幸福叫做有你相伴。
——那江维

爱的诉说：三行情书集

我们时常会遭遇着爱情的时差，
相遇的时候不懂爱，
懂爱的时候不相遇。
——李炫锟

当阳光刺痛了我的眼睛，
泪水模糊了我的视线，
我依然没有忘记你。
——夏琪

云南和西藏中学生作品选

那些话只能偷偷拿出来纪念遗憾，
有些人只能深深埋藏在记忆彼岸，
要很久很久以后，才能明白……
——李雯婷

世界上最遥远的距离是我在你面前，你却不知道我爱你，
世界上最遥远的距离是明明无法抵挡这般思念，
却还得故意装作丝毫没有把你放在心里。
——罗飘飘

小时候我们并肩一起走，
年轻时你牵着我的手说，我们一起走，
等老了我靠在你的肩膀和你一块儿走。
——熊佳

我们原本是两条平行线，
可自从你说爱我，
我决定逆转命运。
——杜艳

云南和西藏中学生作品选

当我写下这封情书的时候,
我知道,
你在用你眼角的皱纹织就我的美好。
——刘雷

我一直以为自己是一个人,
回头发现,
身后你并排的脚印。
——何维

拥抱拥有过的一切，
就算全部失去，
还有那一抹温存的记忆。
——王昶皓

你爱我——没有时间，没有目的，
我爱你——占满你所有笑容的时间，
这就是我的目的。
——宋艳萍

云南和西藏中学生作品选

我在模仿孩子微笑的弧度,
寻找心情的蓝天,
时间改变了太多太多。
——任蕊

我叫你呆子,
你叫我癫子,
这就是我们友谊的约定。
——尼玛央珍

摘夜的一抹黑，
我想染黑你的华发，
牵起我，走回童年。
——妮珍

无法再度盛开的雨摆，无力拯救自我的心，
我们之间到底错过了什么？
要让泪水整个淹没我通往你心境的路。
——袁慧敏

91

云南和西藏中学生作品选

为你,
我哭过,笑过,
累了,却不曾倒下。
——曾慧楠

你在我不知道的地方,
分享着世界的绚烂,
你的喜怒哀乐都有世界的一半。
——尚卓然

走落了日月,
苍老了面孔,
爱还在心上。
——央扎

不管写下什么字句,
无论说出什么言语,
都比不及,让你来阅读我的心。
——成乔

上天赐予你我相遇的机会,
因此,你成了我生命中的大树,
我变成了树下那个乘凉的小孩。
——宋慧敏

几年同窗,我们相识相知,
有过欢笑,有过泪水,
重要的是,我们彼此相惜。
——刘羽祥

如果再次相聚,
没有猜忌,没有,
一起回到那青春岁月中的相遇。
——白玛央金

时光时光慢些吧,
不要让您们变老了,
我愿用我一切换您们岁月长流。
——次仁卓玛

部分教师作品选

Bufen Jiaoshi Zuopinxuan

终生伴侣

一份爱，
一份承诺，
一辈子。
——盛世勤 李延保

你们是春风，你们是夏雨；
你们是秋实，你们是冬阳；
谢谢你们的爱，老师永远爱你。
——李萍

偶尔才想起你，
心酸多过甜蜜，
且把喜欢留给回忆。
——张志安

茫然中，我们遗失了风景，
却又再拾风景，
风景依旧，却景是人非。
——张斯虹

童年的燕子,飞进我的梦乡;
青春的燕子,与我比翼成双;
而今的燕子啊,伴我地久天长!
——郭清顺

你的翩翩,
起舞在我的心间,
让我浮想联翩。
——刘洁予

在路上,我们一起走向远方,
只是不要忘了来时的路,
还有你我的梦想。
——刘艳玲

99

部分教师作品选

你的身影,
映入我的眼眸,
从此再也没有走出。
——林滨

在枝头相互守望,
守望你我的情谊,
还有美好的时光。
——龚艳

挥一挥衣袖,不带走一片云彩,
整一整衣扣,
留下一片温馨记忆。
——杨旻

李庆双个人作品选

Li Qingshuang Geren Zuopinxuan

在故乡,我们向往远方;
在远方,我们回望故乡。
在故乡和远方之间,我们走完一生的时光。

流浪的脚步,走不到天的尽头;
漂泊的心,何处可停留?
疲惫的眼神啊,只见乡愁。

父亲是伟岸的山，
母亲是秀丽的河，
故乡是我最美丽的山河。

母爱如水，
父爱如山，
思念总在山水间。

看不见你的眼,
也望不到你的脸,
过往的日子纠结成辫子的思念。

在最美好的年华里,
遇见最美的你,
还有最好的自己。

105

李庆双个人作品选

两个人,
一段情,
半生缘。

来了又去,
去了又来,
冬去春来。

106

爱的诉说：三行情书集

我走遍世界，
看山看水看风景，
更想看你动人的风情。

青山青，山外山，
风景无边，
你不在我的身边！

走过多少风霜，
经历多少沧桑，
我依然眼望着远方！

时光，
留下生命的芬芳和忧伤，
带我们一起走向未知的远方。

你的彩虹,
铺满了我的天空,
寻你,如在梦中!

相逢在陌上,你亭亭地走来,
眼里闪着春光,
风中颤动着桃花的芳香

你含着羞,
带着笑,
躲着我的拥抱。

你的回眸,
令我心跳,
花开的日子充满欢笑。

爱的诉说：三行情书集

在你的眼睛里，
我找到了自由的天空，
却囚禁了自己。

我的心很小，
我不关心全世界，
只想把你关在心里！

你远去的日子，
岁月尘封了你的影子，
我雪藏了你的记忆。

明天就要起程，
回头，看你，
也看熟悉的风。

你看着我，
我望着你，
凝望间，我们忘了自我。

一起在春天走过，
结成秋的硕果，
在晴和的日子里，等待收获。

113

李庆双个人作品选

衬着蓝色的苍穹，
你洞开着心扉，
我却指向别处的天空。

你在此处，
我在他处，
我们都生活在别处。

你的眼睛是片海，
我是其中的一叶孤帆，
渴望着彼岸。

山不转水转，
在尘世的拐角处，我们偶然相见，
我望着花开的河畔，也看着你青春的容颜。

山有山景,
水有水景,
让我们成为彼此的风景。

不想等到秋了,现在正是季节。
以春的名义,埋下你我的种子,
名字叫相思。

你在那里,我无须见你;
你不在那里,我不必寻你;
你无论在哪里,我只要念你。

不经意间与你相遇,
无意中你已远去,
山重水复,我们找不到来时的路。

一季季的花开花谢,
一段段的缘起缘落,
一路路的相逢相别。

想吻你的气息,
你说你在春天的怀抱里,
我要拥抱春天,如同怀抱你。

燕子来时,
风铃过处,
留下风的声音,春的痕迹。

春花开时,想和你在一起,
隔着长长的季节,
秋叶落了,我和自己在一起。

走在路上,
望着远处的风光,
却忘了出发的地方。

时光老去了,
你去了,
我老了。

爱的诉说：三行情书集

生命是一场流浪，我们相逢在远方，
我给你灿烂的阳光，
你留下温柔的月光。

在无望的天空下，
我渴望你热情的风，
还有多情的雨。

后 记

　　人具有理性和感性的双重性,既需要理性的思辨,也需要情感的表达。大学教育应顺从人的属性,在知识的建构和情感的培育两个向度上同时下工夫,方能收到实效。对于知识的建构,大学颇下功力,认为是应有之意;对情感的培育,则认为是自发形成之物而有所忽视,由此造成了学生人文关怀和情感的缺失,当引起我们的重视。

　　"三行情书"活动为学生搭建了一个情感表达的良好平台,是一种爱的教育,本书也命名为"爱的诉说"。"三行情书"活动初始,就得到了我的悉心指导和支持,这不仅是因为我热爱诗歌,也是因为我看到了其中的意义和价值所在。该活动开展三年来,成果颇丰,活动先后传播到西藏和云南等地中学,也为社会和媒体所关注,不仅开发出书签、明信片、台历等文化产品,2013年还在中山大学东校区建成一片"三行情书林",中山大学校报对"三行情书"活动进行了专题报道,这本书的出版也是一个重要成果。

　　三行情书,三年光阴,春华秋实,收获的是满满的感动、感恩和感谢之情,在此一一深情诉说。

感谢我的导师李萍教授，读博期间，是她让我懂得了爱的教育，也感谢所有教过我的老师。感谢我的学生，尤其是中山大学传播与设计学院历届团委的干部和同学，是他们的创意和努力，使这一活动成为可能；毛思璐和毛美霞两位同学还为本书的编辑工作提供了具体的帮助。感谢广大师生和社会爱好者对这一活动的积极参与和支持，特别要感谢学校党委老书记李延保夫妇，他们共同书写的"三行情书"，既是他们夫妻之间爱的礼赞，也是对我们最好的支持。感谢为本书提供照片的摄影作者，他们所提供的精美照片不但使本书富有"诗情"，还充满了"画意"。特别要感谢甘肃经济日报社新闻部主任曹志政为我所提供的许多优美的、充满西北风情的摄影作品，为本书增添了生动的色彩。为了使本书保持简洁和美观，没有在每幅照片下标注作者的名字，个别作者可能还有遗漏，在此深表歉意。摄影作者的名字不分先后，依次如下：

曹志政	曹雪妹	黄惠萍	林　朗	李慧平
张　轩	张丽梅	吴颖姗	刘捷夫	李　晶
苏译旻	程小雄	郭雯珺	马泽义	黄嘉文

后记

杨小晓	周玉清	朱奕锋	蒋文芳	吴代英祝
霍震南	潘璐怡	欧阳森	张丹燕	彭　浩
毕　崟	张克难	陈上慈	刘艺凡	唐　睿
蔡雅婷	张　融	佘涌波	郑乔丹	黄健彬
黄　莹	廖雅仪	朱晓珊	袁　梦	朱亦张
郭文岩	张卓智	朱雅芳	周俊安	包浅雨荷

本书的出版得到了学生处漆小萍处长、钟一彪副处长的大力支持和指导，在此深表谢意；还要感谢中山大学出版社的赵婷和林绵华老师，她们为本书的文字编辑和美术设计付出了辛勤努力，邹岚萍老师也十分关心本书的进展情况，在此一并表示感谢。书中还收录了中山大学校报关于"三行情书"的一篇专题报道，对"三行情书"三年来的活动情况作了全景式的描述，十分感谢校报原副总编丁艳艳和编辑彭楚懿老师以及陈伟杰、管亮亮、王永敏、罗立琁等学生记者和编辑对我们工作的支持和帮助。最后还要感谢我的父母、妻子、亲友和所有我爱的和爱我的人，是你们的爱使我心中盛满爱意和诗情。同样感谢的还有我自己，虽身系红尘却心向星辰，始终追寻一种诗意的人生，致力于爱的教育和人文

关怀,也许我写的这首三行情诗可以作为后记的结尾:"我想抓住过往的风,抱住风中温暖的你,拥有你热情的心"!

李庆双

2013 年 7 月 16 日写于故乡宝泉岭